저녁
예배를
마
치
고

저녁 예배를 마치고

발행일	2018년 1월 31일		
지은이	조 기 락		
펴낸이	손 형 국		
펴낸곳	(주)북랩		
편집인	선일영	편집	권혁신, 오경진, 최승헌, 최예은
디자인	이현수, 김민하, 한수희, 김윤주	제작	박기성, 황동현, 구성우, 정성배
마케팅	김회란, 박진관, 유한호		
출판등록	2004. 12. 1(제2012-000051호)		
주소	서울시 금천구 가산디지털 1로 168, 우림라이온스밸리 B동 B113, 114호		
홈페이지	www.book.co.kr		
전화번호	(02)2026-5777	팩스	(02)2026-5747

ISBN   979-11-5987-967-8 03810(종이책)   979-11-5987-968-5 05810(전자책)

이 도서의 국립중앙도서관 출판예정도서목록(CIP)은 서지정보유통지원시스템 홈페이지(http://seoji.nl.go.kr)와
국가자료공동목록시스템(http://www.nl.go.kr/kolisnet)에서 이용하실 수 있습니다.
(CIP제어번호 : CIP2018001960)

(주)북랩 성공출판의 파트너

북랩 홈페이지와 패밀리 사이트에서 다양한 출판 솔루션을 만나 보세요!

홈페이지 book.co.kr • **블로그** blog.naver.com/essaybook • **원고모집** book@book.co.kr

조기락 시집

저녁 예배를 마치고

나는 본다
내 여정의 굴곡과 마지막 날의 평온을

북랩 book Lab

주님께 바칩니다.

내가 너와 함께 있어
네가 어디로 가든지
너를 지키며

창 28:15

Mendosa Argnt. '86

'젊은 날의 의연함을 찾아서'

내가 왜 시를 쓰고자 하는지
당신은 느낄 수 있겠어요?

우리가 빚어내는 체액과 향기로
둘이 안고 잘 수 있는 둥우리
그것을 종탑 위에 짓고 싶은 겁니다.

그래서 아쉬운 것은 하나님의 가슴
그의 손길을 알 수 없기 때문이지요.

대환에게

"셋이 함께해서 행복해요."
아직도 네 말을 기억하고 있다.
그리고 여기 내 지나온 날들이 있다.

내가 한창이던 시절의 나이가 된
너에게 이제서야 입을 열어
말을 건네 본다.

"아빠 손 잡어."
네가 꼬마였을 때
무심코 내 손을 잡던
네 모습이 떠오른다.

'주님 손 잡고 가리다.'
이젠 내가 손을 내밀어 본다.
내게 남은 아름다운 기억을 따라

'인생은 그 날이 풀과 같으며
그 영화가 들의 꽃과 같도다.'
시 103:15

네 기원대로 언젠가
셋이 함께 하리라.
먼 곳에서 아빠가

Daniel Cho에게
Oct. 2017

contents

I. Memories in America (1988-1994)

II. en Chile (1983-1988)

III. Old Memories in Korea (1970-1983)

IV. Homecoming in Korea (1994-2014)

V. 두르네 (2014-)

I. Memories in America

(1988-1994)

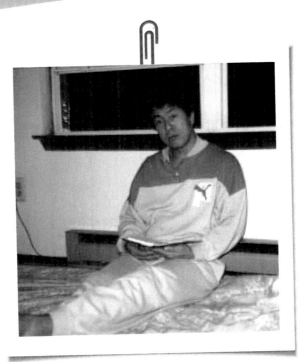

New Egypt N.J.'91

빈 숲과 십이월의 나

조그만 내 이층 방
서리 낀 창으로 다가가
가만히 손가락 하나를 대어 본다

오랜만에 찾아온 손님을 내어다 보듯
조심스레 허리를 굽혀
밖의 세상을 내어다 본다

작고 까만 점 사이로
교회 계단 옆에 서있는 고목나무와
그 너머로 잔 숲이 눈에 들어올 뿐

동그랗게 둘러친 어둠 속엔
바람에 쓸려가는 눈보라의 행렬
모든 것이 조심스레 움직이고 있다

반짝이며 바람에 날리는 눈조각들 사이로
멀리 보이는 숲 속의 잔가지들 사이로
무언가 지나치는 모습들이 보인다

조용히 낙엽이 떨어지고
바람이 불어가는 빈 숲속에
그 사이를 지나는 환영들이 있다

웅성거리며 지나는 그 모습들이
부스럭거리는 소리를 만들어
빈 숲속을 가득 채운다

까만 어둠 속의 내 어린 시절처럼
호기심으로 가득 찬 아이는
십이월의 빈 숲으로 다가가 본다

정작 내가 빈 숲으로 다가가
두리번거리며 안으로 들어갈 때에는
별다른 아무것도 발견할 수 없으리

다만 바라보고 다가간 그 앞에
이미 지나가버린 많은 환영들의
발자욱 소리만이 들려올 뿐

간혹 잠자리에 들어
한숨지으며 잠에 빠져 들어갈 때
창 밖에서 울리던 바람소리를 기억해내면서

아무런 약속도 할 수 없었던
때로는 가까이 스치고 지나간
그들과의 인연을 생각해보면서

아무것도 이루지 못하는 우리 사이에
낙엽이 쌓이고 그 위에
눈보라가 소리치며 지나가는 것이다

Dec. 3 '91 N.J

성탄을 생각하며

마구간 구유에 누우신
아주 작은 이에게
소망의 눈길을 보내어 봅니다

그 작은 공간을 가득 채운
따뜻한 은총을
당신께 보내드리고 싶습니다

내 마음 한 구석에도
그러한 기운이 남아 있음을
겸허하게 받아들이려는 것입니다

늘 바라며 간절히 원하던 것들 생각하며
그 성탄절 날의 아주 작은 것을 생각하며

Dec. 10 '89 Greenville S.C.

폭풍우를 내다보며

오늘 밤처럼 폭풍우가 뒤흔들 때면
나는 낯선 분위기 속에 누워 있게 되는데
어느 산 속 수도원을 방문하게 된 것처럼
바깥 회랑의 공기가 깨끗해지는 것처럼
어떤 한 영상이 떠오르게 된다
간혹 소리도 없이 번개가 방을 밝힐 때면
창에 붙은 물방울들은 수정처럼 빛나고
또한 얽힌 창살의 실루엣이 어른거릴 때
단풍나무 이파리 몇 개가 매달린 채
흔들리는 것을 언뜻 보게 된다

오늘 밤은 모든 것이 다 낯설게만 보이는데
한동안 내가 살았던 남국의 도시가 그러하다
밤차를 타고 해안선을 따라 돌면서
멀리 바라보이던 도시 Valparaiso의 영상이 그러하다
까맣게 보이는 해안과 하늘 사이에
반짝거리는 불빛들이 언덕을 뒤덮고 있었는데
그 모습을 보고 나는 중얼거렸었다

'저 반짝이는 불빛 하나 하나 그 안에는
저들의 삶이 숨 쉬고 있을 것입니다'
동행했던 스무 명의 신의 대리인들은 그 때
갑자기 가던 길을 수정하려 했었다
이 방을 비추는 불빛의 번쩍임을
그들이 이제 한 번 볼 수 있다면
들어가 보려 했던 해안도시의 그 야경에
이제 가까이 하려 하지는 않을 것이다

창은 때때로 바람에 흔들리우고
물방울들은 산만하게 줄지어 흘러내린다
내 마음이 하찮은 일에도 흔들리우고 그래서
걱정과 연민으로 갈피를 잡지 못하던 것처럼
정작 내일 아침이 되면 이 방도
보잘 것 없는 해안도시의 그 모습과 같으리라
창 밖에 몰아치며 지나가는 폭풍우를 내다보면서
내 기억에서 쏟아져 나오는 영상들은 이제
아름답다거나 추하다거나 한 모습들이 아니고

멀리서 바라보던 빛의 무리처럼

내 안에서 조용히 반짝이게 되는 것이다

우리의 일상이 그러한 것처럼

때로는 폭풍우가 우리 앞을

지나가는 것을 보게 되고

때로는 조용히 누워

그것을 생각하게 되는 것이다

Dec. 1 '89 Greenville S.C.

Greenville S.C. '89

캠핑 일기

모처럼 맞는 긴 여행이었기에
다가오는 날짜를 하나씩 세었는데
그 날에 우리는 조금씩 착한 아이가 되어가고 있었다
낚시도구를 정리해가면서
마침내 강변에 텐트를 치고
음식을 차려먹고
음악을 틀어놓고
밤에는 불을 지피면서
우리는 조금씩 서로를 알게 되었다
누구나 알게 되면
좋은 친구가 될 수 있으리란 것도
Silver Anniversary를 맞게 되어
그들 부부는 하룻밤을 Oregon St.에서
보내고 올 것이다
지난 이십오 년간의 날들을 이야기하면서
한가해진 나는
땔 나무들을 패어서
한 쪽에 쌓아놓고
의자를 들고 와 그 옆에 앉는다

오늘 밤은 모닥불을 지피게 되지 않을지 모른다는 생각에

오랫동안 쓰는 걸 두려워했던 나

편지지에 까만 글자들을 조심스레 찍어나간다

이제는 오래된 저들 부부처럼

나도 서둘지 않으려 하면서

벌써 해는 산 위에 걸리고

물새들이 날아와

강 위를 맴돌며

아늑한 사방을 고요하게 한다

내 안에서 또 내 아이가

나에게 말을 걸어오기 시작했다

내 아이를 내 안에 담아두고 사는 큰 아이

이제는 잠잠히 괴로워할 줄 안다

오늘 밤에도 납작한 텐트 안에서

웅크리며 나는 잘 것이다

내가 자는 밖에서는

물소리

바람소리

이슬 내리는 소리가

나를 안아 줄 것이다

내 엄마 그리고 내 여인

내 아이가 숨 쉬는 소리

나는 뒤척이면서 이 밤을 지낼 것이다
애써 추위를 참아가면서
오래된 저들 부부를 생각해보면서

Sept. 15 '92 Klamath Glen CA.

내 곁을 떠나려 하는 이를 위해

어둠 속에서 음악을 듣는다
침대 한 모퉁이에 비스듬히 누워

음악의 울림이 가득 차도록 기다린다
주전자에서 뜨거운 김이 올라올 때까지

사실 나는 무언가 서둘고 있는 듯하다
신중히 보류해 두었던 감정에 대해

그러나 나는 애쓰려 하지 않는다
운명의 신이 걸어오는 장난에 대해서는

나는 침묵을 유지해보고 싶은 것인데
단지 음악소리와 공복의 상태로

내가 자랑해 보일 수 있는 일도 있다
어둠 속에서 펜을 마구 움직일 수 있는 일

어느 날 영화 속에서 늙은 신부는 경고했었지
한숨 섞인 사랑의 굴레에 대해

내 여인은 또 다른 연인을 만나고 있었다
해 질 무렵 버드나무 늘어진 파킹장에서

그처럼 내 여인은 사라져 갔다
내 손보다 조금 더 힘 센 손을 잡고

'풀은 마르고 꽃은 떨어지되'
아마 그럴 것이다

조용히 사라져 갈 때까지 그들은
내 주위에서 발소리를 내고

잠들어가는 내 몸을 감싸 안으면서
나는 너를 떠나 보낸다

Feb. 15 '92 Reno NV

제시카 Ⅰ

내 안에서 울리는 소리
수평선 너머 네가 있는 그 곳에
들리는가 제시카여

언덕 위로 난 길을 오르다
마침내 평원에 서게 되면
바다의 웅얼거리는 소리 들려온다

내 인생의 정점으로 다가서 온 너
좀 더 가까이 다가오라
끊임없이 울리는 이 소리에

다가오고 그리고 물러서는 물결을 향해
발자욱 소리를 만들어내려는 너와 나는
귀 기울이는가 완성을 향한 그 소리에

들어라 철 지난 마을의 정오에
황톳길을 걸어 돌아올 때
우리가 거처할 집에서 나는 소리를

너와 내가 함께 만들어내는
대양을 향한 부단한 움직임에
들려온다 청아하게 울리는 종소리

어느 시간엔가 만나야 할 그 곳에서
들리는가 제시카여
우리를 향해 초대하는 웅얼거림을

Apr. 17 '88 Santiago Chile

제시카 II

문득 교회의 계단을 오를 때
내 한 쪽 손이 허전함을 느끼게 되면
제시카
당신은 내게 와 줄 수 있겠어?

바쁘게 시내를 가로지를 때
내 어깨의 한 쪽을 부딪고 싶어지면
제시카
당신은 내게 장난을 걸어 올 수 있겠어?

Mar. 25 '88 Seoul

제시카 Ⅲ

제시카
네 가슴을 들여다 보면
평안한 내 얼굴이 나를 보고 있다

제시카
네 어깨에 손을 두르면
눈 앞의 정물들이 일어나 앉는다

제시카
네 손톱을 만지작거릴 때면
풍성한 음식이 향그롭다

제시카
하루는 네 은근한 윤곽의 선을
멀리서 바라다 보았다

제시카
이제는 너를 붙들고
너 또한 나를 마주보고 있다

제시카

우리가 함께 누우면

하늘엔 무엇이 보일까

제시카

우리가 함께 잠들면

만나서 포옹하게 될까

Feb. 11 '88 Seoul

저녁 예배를 마치고

쌍무지개

쌍무지개 밑을 지나
우리는 동쪽으로 갔다
시커먼 구름으로부터 수직으로
빗줄기 무리가 대지에 내려오고
바로 그 옆에서 넓은 들판을
햇살의 무리가 오렌지 빛으로 채울 때
우쭐하는 처녀의 거만함인 듯
그 때는 좋은 징조려니 했다
우리가 헤어지고 오랜 날들이 지나
서로의 얼굴이 풍경처럼 미소지을 때까지

더욱 알 수 없었던 것은 지금까지
신비롭던 그 바깥 풍경이었을까
한쪽에선 비가 쏟아져 내리고
한쪽에선 햇살이 대지를 감쌀 때
머리 위엔 쌍무지개가 걸리고
멋도 모르고 그 밑을 지나갔던
나는 운전대를 잡고 노래불렀고
당신은 옆 자리에서 미소 지었다

눈물의 보석상자가 열리기 전까지

쌍무지개가

우리 머리 위에 있었으므로

Oct. 3 '96

II. en Chile (1983-1988)

Santiago Chile '85

나에게서 떠나간 이들을 위해

내가 종종 생각하게 되는 것은
창 밖에 지나가는 바람 같은 것들
전형적인 스페인 풍의 이 방에서
저들의 다양한 사연을 듣게 되는 것처럼

장식에 매달려 있는 화분의 이파리들은
상수리나무 아래에서의 이야기를 기억하는데
자라난 한때 남쪽의 습기찬 흙을 그리는 것
그리고 바람 따라 제 갈 길로 간 사연들을

시내에서 사람들이 바쁘게 지나갈 때
고작 FM음악으로 달래는 마음에는
바람 없는 방에서 이국인이 바라보게 되는 것들
소라껍질 사진들 빈 위스키병이 진열되어 있다

함께 있다는 것은 그러나
부끄러움을 잊게 해 줄 수 있는 좋은 것
비올레따·빠르라 칠로에의 추운 바닷가
전 애인이 걸어준 싸구려 은 목걸이보다도

작은 싼띠아고 여인과 더불어 나는
수은등에 비치는 밤의 잎새들을 내다보는데
밖의 막다른 골목 끝에서는
회리바람 속에 손수건이 맴돌고 있다

내가 종종 생각하게 되는 것은
창 밖에 지나가는 바람 같은 것들
그녀의 따듯한 살결에서 돌아누워
머리맡에 걸린 십자가 묵주를 바라볼 때

Santiago Chile '86

내가 왜 시를 쓰고자 하는지

당신에게 주고픈 시를 찾아보았습니다
당신 몸에 어울리는 내 의상의 시를

연필로 글을 쓰면서 생각하곤 했지요
어떤 향기가 우리를 두르고 있는지

시골 도서관 서가에서 책을 뽑을 때
당신 냄새를 맡으려 앉아 있기도 했습니다

사실은 당신에게 보여 줄 솔직한 시를
나는 알고 있습니다

절벽에 서서 부딪히는 물소리를 듣다가
울리는 종소리 속으로 흩어져버리는

그 밧줄을 잡아당기면서
우리는 함께 있었습니다
터져서 눈 앞에서 소리가 사라질 때마다

그러나 저녁이 오면 우리는
새롭게 준비해야 합니다
우리라는 단어가 산책할 수 있는 시를

어두워진 숲가를 거닐 때
그 때에 당신은 들을 수 있지요
간혹 들리는 텃새의 애처로운 소리를

별들이 이야기 나눌 시각에도
당신은 올라오고 계십니까
서로가 만나기엔 먼 고갯길을 향해

내가 왜 시를 쓰고자 하는지
당신은 느낄 수 있겠어요?

우리가 빚어내는 체액과 향기로
둘이 안고 잘 수 있는 둥우리
그것을 종탑 위에 짓고 싶은 겁니다

그래서 아쉬운 것은 하나님의 가슴
그의 손길을 알 수 없기 때문이지요

Santiago Chile '86

칠레의 땅

사랑스런 땅이여
네 흙이 비에 젖을 때
내 엄마의 향기를 전해온다
나는 여인과 함께 어디론가 가는데
방울지는 차창에
어리석었던 일들이 흘러내린다
건너 편에 앉은 아이 밴 여인에게
이 내 여인은 캐러멜 하나를 건네었나니
그 여인은
싼·까를로스에 있는 남편과 아이들에게로
가는 중이라 했다
갖고 갈 큰 두 보따리 때문에
우산을 받을 수 없었다며
부드러운 산야여
구름들이 너의 구석구석을 어루만지듯
나는 취하여 여러 날을
여인과 함께 보내었나니
그러나 이제 나는
더 이상 글을 쓸 수가 없다

깜뽀에는 이미

구석 구석에 불빛이 보이고

저 안에는

내가 배우려는 삶이 있나니

그 냄새를 향해

나는 가려하는 것이라네

en un campo de Chile '86

Valdivia Chile '86

밤차를 타면

밤에 차를 타고 여행하면
얼만큼은 환상적일 수 있는데
삶의 휴식시간일 수도 있을 테고
또는 지나버린 꿈들을
다시 꾸려하는 것인지도 모른다
이 시간에는
내 하나님께서 우리에게 주셨던
마음을 읽을 수 있나니
낮에는 나의 눈이 더럽혀져 있었다는 것도
내일에 대한 불안도
겁나지 않게 되는 것을 느낀다
때때로 스며들던 외로움도
편안히 받아들일 수 있는 것처럼
길 가에 서있는
에우깔립뚜스 나무들은
참으로 의연한데
밤에도 저들은 보기 좋다

en un campo de Chile '86

이별을 위해

어렵게 벽난로에 불을 지피며
창 밖에서 울리는 파도소리를 듣는다
내일 있을 일들을 위해
때로는 화내고 때로는
서로 부둥켜안는 것인가
파도여
너를 보고자 올 때는
이미 돌아 갈 수 없는 날들이
우리에게 있지 않았던가
여인은 잠들고
나는 이 글을 쓴다
그의 얼굴은
몇 해 사이지만
내 손에 들려있는 사진과 많이 다르다
커튼 사이로 내다보는 나의 눈은
젖은 나무가 타는 것만큼이나
매웁다

en Tabo Chile '86

el Viento mio

Caminando en la calle
hoja mojada con viento frio

Mirando en la calle
luz verde con lluvia largo

Buscando en la calle
olor suave con ruido callado

Yo no sabia
porque estaba caminando
porque estaba mirando
porque estaba buscando

Ahora pregunto
de donde viene

el viento mio

Santiago Chile '86

Santiago Chile '86

안데스 콘돌

지붕 위로 올라서지 않으려니? 비둘기야
네 살찐 암놈은 또다시 애무를 원하는데
'아무렴' 하고 시장 옆 길에서 너는 끄덕거린다
생선 내장을 붙들고 늘어지는 너희들은
언제야 비둘기다우려는가
먼지 이는 길에서 너를 만나
내가 먼저 피해 지나갈 때
너는 아랑곳하지 않으니
배고플 때는 누구나 땅에 내려서는 것이다
축제의 즐거움이 매연처럼 가득 찬 도시에서
너희는 평화를 원하는 것이냐?
그래도 내 마음 속에 한 가지 위안이 있으니
높은 산 바람 부는 땅을
하늘을 나는 너희 귀족들 중 아는 이 없다
쉽게 만들어내는 칭호조차도 외면하는
콘돌 그는 비상한다
석양의 움직임을 감지하면서
소리없이 밤을 준비하는 그는
유연하게 난다
삶을 단련하려는가
눈 덮인 바위를 내려다보며
황사의 회리바람이 솟아오르는 계곡을 응시하고 있다

공중 높은 곳으로 비상하며 그는 생각하는데
먼 도시의 소음이나
발 아래 숲 속에서의 작은 움직임까지도
서둘지 않는다 혼자인 그의 삶을
그리고 지켜나간다 정상에서의 시간을
어떠한 이해나 변명도 그의 눈엔
한 점에 불과할 테니까
갈기를 휘날리는 소리는 그에게
또 외친다
눈을 부릅뜨고 절벽에서 뛰어내리라고
콘돌
하나님이 네게 맡기신 진실은
그렇게도 중요한 것이냐?
거친 자갈을 훑으며
물소리 차가운데
가족이나 있는가 그는

en un viaje de Andes '86

Andes '86

이국의 사 층 방

빠블로·네루다의 얼굴 옆 모습이 걸려있다
밖에서 비쳐오는 빛이 실루엣하고
소파에 누워 흘러간 재즈를 들으며
삶이란 그래 살아볼 만한 거야
몇 개의 별과 들려오는 소음이 적당해
전화기에 눈이 간다
아무도 모르지
그래 이 방이 싫지가 않아
탁자 둘레로 내가 거닐만 하지
빌딩 뒤에 산이 새벽을 알릴 때까지
오늘도 나는 서성일 거다 이 방을
이 방을 나는 사랑한다
'계속 누워있으면 속이 편칠 않아
걷는 게 좋지'
나에게 엄마 곧잘 이 소릴 하곤 했었지
세상아 너를 보며 나는 눈물 흘린다
생각하지 않고 가벼이 잠들어봤으면

그리고 다시 세상은 평안해질 테지

오늘은 주일인데

내일 내일 내일

나는 잠든다

엄마, 어디 있지?

en departamento de Francisco Jung
Santiago Chile '86

음악을 들으며

깊은 밤이면
전화기에 손을 대본다
사랑하는 이여 그러나 나는
그러길 원치 않으니
그리운 마음 참기에 어려울지라도
어설픈 몇 마디로 인해
우리 사랑이 상하길 원치 않음이다
서로 이처럼 떨어져 앉아
창 밖을 응시하며
사랑에 잠기는 시간이
안전하리라
불결한 세상에 노출되지 않고
우리 사랑이 순결을 유지할 수 있지 않으냐
그러니 사랑하는 이여 밤이면
전화기 옆에 앉아 잠들라
내 손을 잡고

Santiago Chile '86

사랑하는 자여

두려워 말라
누구도 네 가슴에 손대지 못하니
초조해 하지 말자
우리의 날 수가 날아가나
순간에 진실하라
그리고 앉아서 대화하자
밤이 늦었다고 말하지 말라 결코
실망해 할 것도 없다
불을 피워라
네 얼굴이 아름답게 어른거린다
미치도록 좋아하던 피아노 연주
그리고 내 세계는 깊다
이처럼 넉넉한 시간이면
언제나 내 주머니에서 꺼낼 수 있으니
어두워진 숲으로 가자
얼마든지 오라 솔직한 감상과 부드러움
기대서 우리는 만날 수 있으니
결코 사양치 말라 내 손을
교향악은 끝없이 울리고

하나님은 풀 숲에 내려 오시나니
달콤한 잠이 우리를 눕힐 때까지
사랑하는 이여 말하라

Santiago Chile '86

Mendosa Argnt.

가랑비 내리는 날

밖에는 난데없이 가랑비가 내리고
마당 한 구석의 내 작은 이 방은
움막같은 기분이 됩니다
전날 지질도를 작성하기 위한 내 일로
산 속을 헤매다
폐허된 집 아궁이에 걸터앉아서
밭에서 캐낸 감자를 구워먹던 일이
생각나는군요
축축하다는 느낌이 부드러움과 따듯함을
함께하고 손을 내미는 까닭은 무엇인가요
마른 땅이 가랑비로 적셔져가고
나에게 그런 기분을 점차 전해주는 것은
그런데 연약한 이 힘은
폐허된 움막 위에 내리고 나는
책상을 대하고 의자에 앉습니다
걸터앉은 내 자리는
산 속을 향해 멀리 멀리 갑니다
울창한 나무들 사이로 난
흙길을 지날 때

피어오르는 먼지에서도

따스하고 부드러운 냄새를 맡게 됩니다

내가 이처럼 자유로울 수 있는지

작은 빗방울들이 내게 생소한 시간을 가져다 줍니다

Santiago 내 오두막에서 '86

가랑비 오는 날

'주여'
이 말을 토해 낼 때
나는 심한 통증을 느낍니다
내 눈동자를 보시옵소서
허약한 몸의 움직임이 무엇을 원하는지
당신은 읽을 수 있지 않으십니까
밖에 가랑비가 그치면
다시 문을 열기가 어려워질 것만 같은데
내 주여 절반은 어린아이 같고
절반은 절반은 그 절반은
나도 알 수 없는 내 모습을
주여, 당신은 보고 계시옵니까
주여, 당신은 내 버릴 수 없는 어리석음도
사랑하시는 것 같나이다
어쩌다 모래밭 위를 서성이며 나는
밤 새워 같은 찬송 부르며
수없이 다짐해보기도 합니다마는 결국은
당신이 손짓해 주시는 뒤를
한 번 돌아다 볼 뿐인 것입니다

모래 언덕 위에서

벌판 너머 바닷가 그 위에서

나를 향해 감싸신 당신의 온 품을 향해

나는 두 손 벌려 뛰어들고 외쳤더랬습니다

'사랑하는 아버지여

아버지여 내 아버지여'

Santiago 내 오두막에서 '86

이 층 예배실에서

자정 넘어 찾아 온 조그만 이 층 예배실
어둠 속에 십자가를 우러른다
주여, 뒤를 돌아보지 않게 하소서
내 마음에 평화를 주소서
불쌍히 여기소서
주변의 마을은 잠들고
멀리 시내의 탑에서 불이 반짝인다
내려진 이 창을 사이에 두고
내 모습이 얼마나 여러 번 흔들렸던가
정든 이 교회 이제 또 떠나야 하는가
내 여정은 얼마를 더 남아있어
나를 불안케 하는가
움직이지 않는 도시의 밤을 본다는 것은
참으로 정겹다
서성이며 카펫 위를 거닐 때마다
깔려있는 이야기들이 되살아 오른다
우리의 생활이 추하다고 느끼면서도
그처럼 아름다운 날들을
어떻게 엮을 수 있었는가

어린 학생들의 얼굴이
나를 둘러싸고 돈다
보물처럼 간직하고 싶은
내 엉성한 성경가방 같은 날들
그러나 나는 어찌 이다지도
깊은 한숨을 토해내는 인간입니까
가슴에 오는 아픔으로 나는 따듯해지고
내 주여 주님은 언제나 이처럼
나를 대하셨나이다
커튼을 젖히고 세상을 내다보는 나는
주님 계시는 방에서
언제까지나 이처럼
서성이고만 싶은 것입니다

Santiago Chile '86

이 층 로비에서

늦은 밤 교회를 찾을 때
이 층 로비에 앉아 글을 쓰곤 했었다
모자이크 창을 통해 스며드는
빛의 밝음을 종이에 비춰가면서
서성거리는 나의 어리석은 모습과
한 사람의 생애에 시간이 지나가는 것을
내가 걷는 걸음이 혼자임을 느끼곤 했었다
겨울이면 작은 이 공간을 울리는
소리들이 부드러웠고
내뿜는 입김과 어울려
나는 그러한 행동을 사랑하고 있었다
언젠가 아래 층에서 기도를 마치고
십자가를 응시하고 있을 때
바로 이 자리에서
누군가 기타를 치며 찬송하는 소릴 들었다
우리는 서로가 그대로 있었다
내 마음의 고요와 영혼의 찬미가
한데 만나도록
그래서 주님께 그대로 올라가도록

별들이 제 자리에서 빛날 때의
밤하늘처럼
나는 듣고 그는 부르면서
내다보는 창 밖에
엉성하게 머리를 깎은 어린아이처럼
세 그루의 나무가 잠들었고
내가 이 긴 의자에 누워
눈이라도 붙이려 할 때
방해가 되던 수은등이 하나

Santiago Chile '86

Gerard Manley Hopkins에게서

나는 보완하려 한다
바꾸거나 팔러하지 않는다
어쩔 수 없이 선택한 고집이 아니기에
정말 내가 미쳐가는가
그들의 말대로
아니면 세상이 그러한가
그러나 하나님은
어떻게 맞이하셨던가 그를
그는 어두운 수도자의 방으로 들어갔는데
아직도 나는 pavement 위를 걷기만 할 뿐
그의 관 속에 들어있던 글들이
내 손에 들려지고
그가 방으로 들어갔을 때
하나님은 정숙한 한 내면을 보셨으나
조용히 하셨다
그는 적어두었다
알 수 없는 음성이 그를 감쌀 때
시간의 흐름 뒤에 도달할 그 소리를
그는 나를 부끄럽게 하나

언젠가 그가 마중 나와 줄 것을
나는 기대하는 것이다
그는 일찍 죽었다
그만한 열정이 방에서
그를 몰아내었기에
그 때도
주위의 불들은 반짝거렸고
담 너머에선
행복해하는 소리들이
지나갔다

Santiago Chile '86

밤에서 밤으로

별이 돋고
새가 우는 바닷가에
구름은 움직이지 않고
바람도 없다
나날이 붙드는 손
잠자리에서 황망히 일어나
떠나왔다
밤에서 밤으로
언덕 너머로 불 켜진 도시
하늘을 향하여 오르고
별빛이 나리는 아래에서 나는
얼굴을 든다
그러나
구름은 움직이지 않고
바람도 없다

Tabo Chile '86

밤에

불 밑에 서 보세요
당신은 아름답죠

불을 꺼 보세요
세상이 아름답죠

반복해 보세요
가랑비가 나리죠

Santiago 오두막집 뜰에서 '86

어디로 가는가

기분전환이 필요할 때
당신은 어디로 가는가
바람불고 흐린 날 떠나는 새는
어느 둥우리로 날아가는가
고상하나 동시에 어리석다는 소리는
어디서 날아왔는가
내가 죽어가고 있다는 것을
어느 작은 가슴이 때렸는가
강인하다고 느끼지 못할 때
거리를 내다볼 수 없을 때
어디로 가야만 하는가
나뭇잎은 여전히 무성하고
너의 이상은 날아 오른다
나는 역시 어리석은가
그러나 경계심을 버려라
아마도 내가 모른 척 할 때
너 세상아 행복한가

Santiago 내 오두막집에서 *'86*

성전에서

하나님이여 전날에 내가 전심으로 부르짖기를
내 주여 내가 주의 말씀 사모하기를 심히 원하고
바라나이다 하였으나 좀처럼 실행치 못하고
마음만 조급해 하였나이다
이제 주께서 나로 안락한 자리에서 옮기우게 하시고
오히려 나를 큰 고통의 날들 가운데서
아버지의 은혜를 입게 하시는도다
내가 이것으로 심히 마음에 어려워하고
깨닫는 바 늦은 것을 아쉬워하나 내 입으로
주의 은혜를 시인하며 주의 깊은 인자와 섭리에
내 영이 다시금 주의 전을 향해 머리를 드나이다
내가 주의 말씀을 밤새로 읽고 묵상하는 날이
주의 전에서 지속됨이니이다
나의 우둔함이여 나의 미련함이여
전날 내 마음이 주께 아뢸 때에
나의 머리는 어찌하여 나의 수족을 단호히
명령치 못하고 게으른 생각에 빠져
나날이 소일하였는고
나는 늘상 이처럼 늦고 깨닫는 바가 더디니

주님 전에 설 때마다 뭇 허물이 심히 쌓이는도다

그 때마다 주님의 인자와 긍휼이 나에게 끊이지 않음이여

다시 나에게 새로운 영과 힘을 허락하셨도다

심히 쌓인 내 허물과 바라는 바로 인해 나는 늘 부르짖고

주님을 향하여 손을 내리지 않나이다

어리석은 자식을 많이 참으시며

오히려 어여삐 여기시므로

주님 앞에 모자라고 게으른 내가

이제까지 마음에 믿는 바가 소멸되지 않았나이다

주님이 나를 사랑하심이여

성실한 어버이의 손길이여

어찌 나를 이처럼 간수하시고

심중히 교훈하시나이까

어려운 시험 속에서도 아주 마음 다치지 않게

보살피시는 주의 세밀하심이여

어린 것이 마음에 그 사랑을 간직하오며

든든히 믿는 바가 있나이다

세상과 마귀가 시기함이여

나의 앞에 갖가지 어려움으로 항상 다가드나

저들이 지금껏 나를 넘어뜨리지 못함이라
내 환경을 조작하여 나로 넘어지게 하고
유혹하는 웅덩이 속 그물에 걸려들게 하려하나
이제까지 나는 어린 아이같이 알지 못하면서도
무사히 그것들을 지나쳐 왔도다
이는 하나님 여호와께서 너희로 내 몸에
손을 대지 못하게 함이니
내 일생이 변화무쌍할지라도
주의 인도하시는 길을 내가 벗어나지 않을 것을
나는 믿노라
내 아버지 온 우주 만물의 주인이신 이가 곧 여호와시라
나를 끊임없이 괴롭히고 시기를 끊지 아니하는
악한 너희들아 날로 피곤하고 원통함이
너희 앞에 더하리라
내가 오히려 고통 중에서도
내 아버지 주의 손길을 의지하고
그의 사랑을 심히 믿는 바로 내가 행할 것을
날로 더욱 아는 것은 너희의 행사로 인함이라
너희의 악한 행사가 더욱 가중할지라도
아버지 내 주와 나를 더욱 가까이하게 함이여
오히려 우리 사랑의 결속을 든든히 돕는 바라
나는 너희를 의식하기보다

내 아버지께 천진스레 기대리니

나의 마음은 심히 단순하여

아버지 품에 뛰어드는 아이라

그 사랑스런 모습이여

내 일생에 끊이지 아니하며

심중에 즐거워함이여

나의 사는 날 동안 주로 인해 지속되리라

온전한 자세로 돌이킴을 주는 기뻐하시고

전날의 허물을 징책치 아니하시는도다

내 주의 큰 성실하심과 그 품의 넓음을 인하여

전날의 내 믿음이 다시 살아나고

내가 즐거워 감사하며 찬송함이 샘솟듯 하니이다

주의 전에 지새는 밤 은혜로 가득하며

영영히 여호와의 인자와 사랑을

내가 잊지 아니하리이다

사랑하는 내 주여

아멘 아멘

성전에서 *Santiago Chile '86*

Santiago Chile '85

그 날을 기억하면서

주님 전에 지새는 밤 안온하고
천상의 향기 내 맘을 평안케 한다

십자가 위 희미한 빛 나를 둘러 비치고
어둠 속에 내 모습 얼굴을 든다

오래 전 작은 골방 기억하나니
그 날에 드린 기도 오늘에 이어져

더 사랑받기 원하던 나 이제 감격하나니
언제나 나를 좋은 성전으로 인도하셨네

인가 없는 산길을 주님은 나와 함께 걸었네
내리며 쌓이는 눈 속을 주님은 나와 함께 뛰었네

나의 외로움을 주님은 알아 주셨네
나의 기도를 주님은 기억해 주셨네

고통의 날에 나 비로소 주님 사랑 느끼고
무릎 꿇고 앉아 두 손 모으고 기도드리네

십자가 바라보면서 그 날처럼 기도하네
감사와 사랑의 눈물로 기억하면서

성전에서 *Santiago Chile '86*

달무리와 한 별

늦은 밤 교회당을 올려다 볼 때면
나는 이것을 확인하는 것이다
빛나는 한 별
은은한 달무리 가에서 그를 바라보고
때로는 영롱한 솜이불 속에
편히 잠드는 아이
하지만 지극히 나를 위로해 주실 때면
몹시도 청아하고 넓은 품을 보여 주신다
자조하며 괴로워하던 지난 날
그것을 바라보았고
홀로 산길을 오르내리던 시절에도 보았고
이제 먼 이국 땅 도심지
교회 이 층 로비에서도 나는
가슴 뭉클해지는 감정을 누르지 못 한다
십자가를 올려다 볼 때 흐르던 눈물
기댈 곳 없어 움직여보던 그 몸짓
나서기 싫은 발걸음으로 문을 밀곤 했다

그 때 뜻하지 않은 놀라움과 한 부끄러움이
얼마나 나의 넋을 잃게 했는지
나를 기다리고 있는 은밀한 교감
은혜의 약속
달무리와 한 별

Santiago Chile '86

밤 고양이

지붕과 지붕이 이어진 가장자리를
걷고 있노라면
걸어 온 길과 멀리 보이지 않는 길이
점차로 이어진다
수그리고 달빛을 받는 자세가
지극히 평안하다
가는 길을 그는 아는 걸까
찬 이슬 내리면 문을 나서고
쉽지 않은 길 찾아 걸어 온 그에겐
어떤 위엄이 숨어있는 것이리라
뜻대로 이루어졌거나
그렇지 않게 되어진 일들 생각해보며
이제 그는 모든 것을
너그럽게 받아들이려는 것이다
아픈 소리 밖으로 내지 않고
언제나 같은 얼굴로 걷는
그를 바라다 볼 때면

내 마음은 왜 항상 흔들리는 걸까
멀리서 불어오는 아침안개에
또다시 짧은 회상의 시간은 쫓기고
방해받지 않을 곳을 찾아
그는 사라져 간다

Santiago 교회 이 층 로비에서 '85

반복되는 날들

새벽을 달리는 말
포장된 도시의 울림
게으른 수도승이 종을 친다

침대에서 뒤척이는
전날 밤의 서원

순진했던 그 열정이
순간 순간 떠나간다

단정한 기도는
언제 드려질 것인가

en Santiago '85

두 번째 시온의 밤을 축하하며

이제 우리는 떠나려 합니다
숲으로 난 조그만 이 길을 향해
우리는 떠나려 합니다
멀리 바라다 보이는 저 숲은
우리들의 마음 속에 꽃밭을 심어 줍니다
먼저 우리는 아름다운 꽃들을 준비합니다
남 모르게 키우는 은밀한 즐거움 속에
우리는 시간을 보냅니다
온종일 땀 흘리며 돌아온 우리들의 창문에서
신선한 세계를 내다 봅니다
때때로 비가 오면
흙 내음을 맡으러 나갑니다
풀잎에 매달린 이슬방울과
움직이는 안개 속에서 우리는 거닐어 봅니다
아직도 어리기만한 우리들에게
이 세상은 너무도 아름답습니다
새들과 이야기하고
무지개 속에 우리는 자랍니다
숲으로 난 조그만 이 길은

우리를 떠나게 합니다

전날에 하나님께서 주신 저 숲으로

우리는 가고 싶습니다

먼저 우리는 길게 나있는

좁다란 이 길을 찾으러 나섭니다

어린 우리에게도 높은 바위와

험한 냇물이 길을 막아섭니다

놀라고 울기도 하지만

무엇보다 하나님의 사랑은

달무리 지는 밤보다 더욱 애틋합니다

때문에 새로 난 이 길을 따라가는

우리들의 앞에는 더욱 더

숲이 아름답습니다

계속해서 새들과 이야기하고

무지개 속에 우리는 자랍니다

숲으로 난 이 길을 향해

우리는 떠날 것입니다

Santiago Chile '84

이국 생활

눈덮인 안데스
달빛에 누웠다
떠도는 이국에
숨겨진 외로움

서로가 이불을
꿈속에 당긴다
뛰놀던 인왕산
오늘도 나타나

바람이 슬며시
일어나 앉는다
눈을뜬 내혼은
다시금 아프다

Santiago Chile '84

철야

가난한 강대상 밑에
쪼그리고 누웠다
형식적인 발걸음
오늘은 그나마도 끊어지고
밤 새워
애써 추위를 참는다

자꾸만 떠오르는
굽이 굽이 돌아 온 산길
측은히 내려 보시는
그의 눈길도
이 곳에 있지마는
숨어들어 온 이 곳이
뜻밖에 안락하다

Santiago Chile '84

겨울

거지가 자취를 감추고
어지러운 길바닥에 바람이 인다
감추었던 추한 모습 드러나
나의 노래는 추위에 떤다
깊은 밤 들려오는 소리에
흩어져 떠도는 가랑잎

총총한 별들 더욱 쏟아지면
나의 입김은 가난을 날린다
내뱉는 네 가혹한 말들이
갈 곳 없는 내 마음을 진정시켜
해마다 겪는 이 계절은
나에게 더욱 친근하다

Santiago Chile '84

시온의 밤을 마련하며

떠나려 합니다
밤하늘 멀리 있는 오로라를 향해
이제 우리는 떠나려 합니다

꿈을 꿉니다
솜이불처럼 편안한 우주의 한 공간에서
이제 우리는 꿈을 꿉니다

자유롭습니다
태양이 내리쬐는 저 대지를 떠나 온 이제
이제 우리는 자유롭습니다

바라다봅니다
떠나 온 항구와 멀리 있을 우리들의 신천지를
이제 우리는 바라다봅니다

함께 있습니다
사랑과 평화의 동산을 거닐며
이제 우리는 함께 있습니다

숨 쉬어 봅니다
한여름밤 백합화 내음 그리며
이제 우리는 숨쉬어 봅니다

그리어 봅니다
우리가 향하는 난장이들의 땅을
이제 우리는 그리어 봅니다

바람을 기다립니다
신천지로 향하는 순항을 위하여
이제 우리는 바람을 기다립니다

기도합니다
우리의 마음에 결단을 놓고 가신 주님께
이제 우리는 기도합니다

감사드립니다
지금과 훗날 시온의 밤을 이어주실 주님께
이제 우리는 감사드립니다

Santiago Chile '83

말세

늦은 겨울 다투는 고양이들은
곧 다가올 부끄러움을 알지 못하며
한 점의 날고기를 쪼으려
비둘기들이 체면을 버렸다
전자오락에 열광하던 인간들 중 엘리트
원시림으로 몸을 피하나
떼 짓는 모기
늘어나는 새 문제에 지탱 못하고
피곤한 점쟁이들의 말이 엉키운다
시간이란 도둑놈만 자신에 넘쳐
엉뚱한 장난을 계속하고
대부분 장례행렬의 박동소리에 놀라
공허한 사면 벽을 이부자리로 덮는 짓 한다
혹자는 폭풍의 눈 속에서 엑소더스를 연상해보나
무리짓는 영혼의 창녀들 태평하다
지금껏 해 온 기나긴 이야기
갑자기 아이들이 달아나며 멈추고
어지러운 길바닥에 종소리 깔려오면
모두가 잠든 새벽에 성문이 열린다

그런대로 이어오던 스무 세기의 버릇

아침을 기다리던 봉오리

초조하여 견딜 수 없네

하나님의 눈이 전날에 열중하시다

Santiago Chile '83

Tabo Chile '85

물방울

떨어진 경고문을 밟고
폐갱을 들어서면
많은 자들이 장담하던 목소리 울린다
그 때는 왜 그랬던가
천반에 달려있는 너를 피해 다녔지
날뛰던 서부의 한 철은 지나고
지금껏 기다려 온 너의 담담함
꺾어진 막장으로 막장으로
네가 나를 적시고 스며들어
내 지난날의 조급한 떠돌음을
떨구어버려 줄 때까지 다닌다
네가 끊임없이 지층과 지층 사이를 헤매이며
금이나 은을 빼앗고 놓아주듯
또한 생각 없이 떨어지고 흘러가면서
오랜 시간 네 지닌 재능을 침전시키듯
나는 그동안 부질없이 산야를 헤매었다네
하지만 네가 생각 없이 부딪히고 지나쳐 간

어느 곳엔가 알 찬 무리가 모여들어
세월을 쌓아가듯 나도
은근한 네 성품을
닮아가려 하는 것이라네

존경하는 산 사나이 조영협에게 헌정함
Santiago Chile '83

III. Old Memories in Korea

(1970-1983)

Field '79

너의 탄생

이삭을 아느냐
새벽 땅에 뺨을 대며
신선한 두려움에
여명을 맞는다

때에 보내어진 너는
치솟은 나무 끝에 전해오는
음성을 들어라

너를 키우는 이가
너를 행동케 하리라

아들 대환에게
장군광산에서 '81

하나님 아버지 저에게

하나님 아버지 저에게
소박한 일생을 살게 하옵소서
웅장한 자연의 감동과
인격의 고매함으로 채우게 하소서
저의 마음이 당신께
순수한 기쁨으로 전달되게 하시고
평생에 당신이 지으신 것으로 충족하여
거느리신 영으로 충만케 하옵소서
깊은 숲을 거닐며 대화케 하시고
풀로 덮인 언덕에서 하루 일을 마치게 하시어
가장 사소한 것 속에 몰입케 하소서
계곡에서 주님 음성을
잔물결 속에
당신 모습을 대하게 하소서
이제 이것으로 충분케 하옵소서
온 생을 통해 당신 나라를 거닐고
호흡하기에도 부족한 이 시간을
더 이상 시험하는 데 사용치 마시고
심연으로부터 빛으로 나서게 하소서

당신이 주신 생활과 사랑 속으로

걸음을 옮기게 하소서

모든 것이 보이는 곳으로 인도하시어

평안과 경건 속에 살게 하시고

잠들게 하소서

누상동 집에서 '82

골목에서

삼십 년간 지나 온 이 골목에서
당신을 찾고 있습니다
담장의 창살 사이로 달이 영롱하고
나는 청춘이 지나감을 생각했지요
나를 따르는 다른 세계
또 멈추어 섭니다
사람들은 제 영역을 지키기 위해
힘겨워 한다는데
방치된 이 땅 위에서 지금처럼
저는 살고 있어요
오랜만에 얻은 조용한 이 시간이면
처자를 거느린 어린 가장이
신데렐라의 숲 속으로 들어가는 것을
당신은 알고 계시죠
역사의 한 장이 사람들에 의해
엮어진다고들 합니다
그래서 잠꼬대하는 그들의 잠든 얼굴을
당신은 측은히 내려다 보시는 게지요
당신은 조용히 미소를 지으시고
달무리를 바라보는 저의 눈은
계속해서 꿈을 꿉니다

누상동 집에서 '82

달무리

방황하며 노숙하던 때
밤이슬과 흙내음으로
위로받던 때
둘러친 숲이
은빛으로 밝아
환상적 기대가 그윽하고
극점을 넘어서
새로운 우주를 대할 때
모래톱에 서서
전해오는 음성을 들을 때
달무리 진다
인생은 변화하고
우리는 성장한다

연대 노천극장에서 '81

가을비

처마 끝에 떨어지는
감상적 향수도
쭈그리고 앉은
백열등의 자문자답도
한가히 있을 수 있는 일
젊은 이들은
나이 든 자들은
무엇을 바라며 돌아 보는가
밤의 정절은 더욱 더 외로워
어둠이 짙어가는 이 시대에
가을비가 내리고
몸져 앓는 자가
문득 잠을 깨어
일어나 앉는다

장군광산에서 '81

시작법

하늘에 흐르는 구름은
여름부터 겨울을 나고

기도한다 한 어린 아이
멀리 달아난다

해 넘어가는 바닷가에서 떠나 와
광산촌의 악동들 밤놀이를 즐긴다

한 쌍의 어린 연인들
서로 산뜻하게 감싸준다

지중해변 언덕 위에서
별들과 밤을 새운다

눈물과 환희의 순간은 지나고
벤치에 앉아 잠시 오늘 일을 쉰다

살아 온 날들이
앞을 내다본다

꽃 몽오리 속에
한 방울의 눈물

그것이 터질 때
속을 흐른다

장군광산에서 '84

십이월의 밤

유리창에
부러진 나뭇가지가 날아와
설든 잠을 깨우면
눈 덮인 겨울 산야의 정경을 내다본다
둘러친 사면 벽 안의 공기를
위엄으로 다스리는 시간
글을 정리하던 손을 놓고
방바닥에 놓인 신앙계 표지에서
아이슬란드 어린이와 별의 동화를 떠올린다
조금 전 나와 다툰 아내는
안쓰럽게 입김을 내뿜으며 지금
마왕과 다투고 있으리니
많은 사람들이 또한 그러하리라
날이 새면
눈보라 속을 걸어
불씨를 찾으러 나서야겠다
성탄절이 다가오는 이 밤
저 북풍 속에 갇혀있는
가난한 이들에게
촛불을 켠다

장군광산에서 '80

산 위에서의 휴식

어느 산 높은 곳에 이처럼 누워
따스한 기분으로 잠든 적이 있었지
그 때의 심정 문득 지금에 이어져
생겨날 다음의 광경도
이와 같기를 기원한다
여러 갈대 잎이 내 눈을 응시하여
생각에 끼여들려 하는데
안타까운 내 유화 한 폭은
Vincent Van Gogh를 거들어 준다
저 아래 분주한 마을을 피해 숨어든 것이
소중한 비밀이라고
드러난 칡뿌리에게 말해줬다
참 너는 사랑이 많지
땅 속에서 들려오는 소리를 듣는다
금광맥과 은광맥의 이야기
가끔 나는 생각해 봤어
어렸을 때 갖고 싶던 것과
자라오면서 여러 번 바뀐 포부와 이상
아직도 나는 꿈꾸길 좋아해

어린 아이가 혼자 노는 것을 지켜 볼 때

나는 그의 영혼처럼 즐거워져

아름답게 내 영혼을 만들고 싶어

내 안의 동반자여

나의 짧은 날들을 엮으소서

많은 경탄과 감사로

장군광산에서 '80

홍수

언젠가 오늘처럼
세찬 비바람을 만난 적이 있었지
움막 앞을 지나는 비의 행렬은
줄지어 언덕 아래로 멀어져 간다
옛적 한 생각으로 가득 채우고
골짜기를 돌아
앞 산 봉우리 어디론가 사라져 간다
포근한 기운이 건초 더미에 나를 눕히고
산의 정령들
잠들려는 내 주위로 다가와 노래한다
솟아오르는 샘물에 얼굴을 비춰보는
어린 아이
어느새 그루터기에 앉아
감미로운 정적을 냄새맡는 나는
다시 한숨짓네
갈참나무 잎에 아롱지는 즐거운 환상에
한숨짓던 그 날처럼
안개 속을 헤쳐
숲으로 난 앞 길을 바라보던 그 날처럼

비 그친 저녁

홍수져 내려가는 물줄기를 따라 걷는다

광산촌 계곡 위에 서서

한 때의 내 모습 바라보며 나는

많은 것을 떠내려 보내고 있네

홍수 져 내려가는 물줄기에

장군광산에서 '80

가을

처마 밑 외등에 얽혀있는
거미줄이
형편없이 낡았는데도
커다란 거미는
새로이 줄을 치려고도 않고
선선한 바람에
몸을 움츠리고 있다

다들 잠들은 광산촌의
늦은 밤 하늘에는
몇 해 전이던가
캠퍼스의 노천극장에서 바라보던
달무리가
지난 추억을 가져다 준다

장군광산에서 '80

저녁 예배를 마치고

내 외딴 집을 향해
산 길을 간다
초라한 교회당
한 굽이 돌면
숲은 어둡고 조용하다
조금 전 무릎 꿇어 기도하던
내 모습과
응답하시는 그 분의 음성 사이를
내 걷는다
흔들리는 나뭇잎과
계곡의 물줄기는
신선한 은혜를 더불어 느끼리
나는 본다
내 여정의 굴곡과
마지막 날의 평온을
때로는 슬펐던 날들이
구름을 뚫고 내리는 달빛에
이어지는 것을

서천교회에서 '80

암시

하루는 기대를 가지고
하루는 허탈한 그림자 속에 누워
하루는 사랑의 기쁨을 확인한 것으로
하루는 모든 것에 회의를 뿌려

해안에서는 부서지는 목소리들이
죽은 사람들은 우리의 마음을 진정시켜
갈매기처럼 나는 답답함을 저주하다
놀라서는 매우 쓸쓸해진다

동굴을 찾아내 뱀과 박쥐를 달래고
연못에 떨어지는 물방울 소리
시간이 없는 곳을 찾아 숲을 헤치고
가장 깊은 지도를 찾아 떠나려하지만

눈에 묻힌 움막에서 나와
숨겨진 사슴들의 발자욱 소리를 따르면
연기 한 줄기 피어오르지 않는 그 곳에서
하늘을 향해 내 가슴을 눕혀

녹지 않는 눈 속 침엽수림 속에
바다 속 동굴 병이 없는 그 곳에
아주 아주 먼 그 곳에
나는 가고 싶은데

접근할 수 없는 마을의 울타리에서
결국은 지쳐버리고 말 우리들의 무대 위에서
올라가다가는 굴러 떨어지는 높은 첨탑 위에서
나를 좀 다시 빚어내 주소서

그리고 내 가슴에 놓고 가소서
당신이 그동안 보류해오신 그 결단을
내가 걸어갈 때
거룩한 곳의 계단 위로 걸어갈 때

명동 필하모니에서 '76

나머지 감상

심부름 가던 중이었습니다
나는 꽃이름 같은 건 모르는
서울 촌놈인데
아스팔트 길 한 모퉁이에
노란 꽃들이 피었습니다
우리 집 식모였던 아이가
수를 놓았더랬지요
엄마에게 수 놓는 것을 배우며
방석 커버에는 연한 꽃들이 놓였습니다
벌써 오래 전에 사용하던 것인데
들판에는 풀의 새싹이 돋고
나는 해야 할 일이 있어
유난히도 많이 깔린 노란 꽃들을
지나쳐 갔습니다
돌아오는 길에 아무도 보는 이가 없어
잠시 앉아 들여다 보았습니다
지금 밖에선 난데없이
빗소리가 납니다
나머지 감상을 위해

오늘은 일찍 자리에 들었습니다
이제는 아기엄마가 됐을 처녀
방석을 만들고
그 방석 커버에 아마도
노란 꽃들이 뭉쳐 피었을 겁니다
밖에는 비가 옵니다
오늘은 열 살 난 꿈을
꿀지도 모르겠습니다

군 막사에서 '76

선물

어둠이 깃드는 학교 안에
띄엄 띄엄 서 있는
겨울 나무들의 영상
단절된 담 높이로 차오르는
위로 뻗은 경지를

맑게 갠 밤하늘 멀리 있는
세계에서
우주로 뻗은 길을 걸으며
오로라를 통해
백합과 나의 유화를

높은 성당 첨탑 속에
가두어 놓고
가끔 그 곳에 올라
당신을 볼까요

귀대 버스에서 영숙에게 '75

고전 음악 감상실

장난한다
장난한다
그림자가 기어간다
의자를 넘어
몸을 기어다닌다
주머니 속에 들어가 장난하다
머리카락을 헤치고 스며들어
기어다니며 장난치다
안식한다
나는 그의 귓밥 근처
머리 속에서 잠자고 그는
불빛을 찾아
책을 들고 있다

명동 필하모니에서 '74

오월의 가슴

달디단 풀내음
솔솔 그루터기
눈을 감으면
간지러운 멜로디
어디선가 조용한
대화 한 가닥
눈처럼
천사의 입김처럼
날려 퍼지는
가벼운 나의 공상
가뭇이 잠겨드는
즐거웠던 때
한 번 바람이 지나가고
나는 엄마 젖을 빤다

연대 노천극장에서 '73

빈 교실에서

수업은 끝났고
텅 빈 오 층 강의실에서
나른한 오후
따갑게 닳은 창턱에 기대어
캠퍼스를 굽어본다
저 아래
꾸불 꾸불 흐르며
열기를 내뿜는 아스팔트와
미풍에 산들거리고 있는
나무들이 모두
젊은 청춘들
나는 까닭 모를 안타까움으로
가슴이
답답하다

연대 교육관에서 '73

마음의 평화

달빛마저 잃은 하늘에는
무서운 구름들이 떠다니는 이 밤
저 서 쪽 하늘의 작은 별 하나
어렴풋이 빛을 발하네
이 밤의 어둠 속에
길 잃은 뱃사람의 벗이 되려
또 그리고 또
무서운 구름들이 이 밤을 횡포할지라도
어두움이 더욱 짙어져가도
계속 빛은 내리고 있네
지쳐 누운 뱃사람의 얼굴 위에
조그만 밝은 빛이 내리고 있네
주위의 어둠을 뚫고

누상동 집 대청마루 소파에 누워 '70

IV. Homecoming in Korea

(1994-2014)

Field '79

고궁 뜰에서

근처에는 마침 오래된 궁이 있었기에
이것은 단순한 변명에 불과하지만
다행스럽게도 오래된 돌더미 위에 앉아

그 차가운 감촉을 또다시 느낄 수 있게 되다니
그러나 어디서 오는 것일까 이 슬픈 감정은
떨구어 버릴 수 없는 실연의 그것처럼 깊은

'눈을 들어 멀리 보라'
어린 시절 그 말을 따라 떠났던 날들
이제 오랜 방랑의 길에서 돌아와

나는 눈을 감는다 돌더미 위에서
멀리 태평양의 물결을 내려다보던 그 날처럼
파도가 다시금 솟아 오른다

절벽에 걸터앉아
무엇을 어쩌란 말이냐
가는 내 길이 그러한 것을

바다의 먼 물빛은 눈부시게 반짝이고
그 빛의 반짝임처럼 나의 날들은
부서져 오고 사라져 간 것을

물개가 물을 뿜어대고
갈대가 조용히 흔들린다
아련한 내 눈 앞에서

비둘기들이 지나간다
멍청한 비둘기들
돌담 밖에서는 한 사람의 수녀가 지나가고

덕수궁에서 *Oct. '94*

청송대

이십여 년의 세월이 흐른 후
차디찬 돌더미 위에 앉아 귀 기울이면
굴레방 다리 위를 지나는 기차소리
여전히 울어대는 까치의 울음소리

그 때는 아직 눈 덮인 겨울이었고
청송대 이 작은 숲은 순백의 세계였다
마른 잎들이 소리 내어 구르고
눈송이들이 꿈처럼 날리던

너는 아직도 꿈꾸고 있는가
우리 앞에 펼쳐지던 그 날의 무지개를
비에 젖어있던 네 긴 머리카락을
안개 속에 묻혀있던 네 작은 젖가슴을

언제나 청송대 이 작은 둔덕의 이야기
우리의 젊음이 묻혀있는 사랑의 이야기

청송대에서 Oct. 12 '94

성모 마리아 상 앞에서

가로등이 희미하게 비치던 그 밤
당신은 그저 묵묵히 서 계시더군요
뒤 뜨락에는 겨울을 알리는 비가 내리고

그 날처럼 당신은 아직도 이 곳에 서 계시는군요
어두운 하늘을 향해 한 마리 까치가 날아갈 때
당신을 향해 한발씩 계단을 올라설 때

빗방울이 눈처럼 날리는 어둠 속을 향해
여전히 당신의 눈은 하늘을 향하고
저는 그 때 그게 불만이었지요

여인과 함께 당신을 찾아왔던 그 밤
당신 머리 위에는 비둘기가 앉아 있었고
밤하늘에서는 눈처럼 비가 내려왔었지요

저는 당신의 눈동자를 기억하지 못했습니다
당신의 발 아래로 빗방울이 떨어지는 동안
그 후로 내 젊음의 날들이 스쳐 지나가더군요

여러 여인들 사이에서 그 날들은 지나갔고
이제 그것을 알리는 비가 내 머리에 떨어집니다
당신은 여전히 말이 없으시고

명동 성당 뒤뜰에서 Oct. 21 '94

캠퍼스의 유령

인기척 없는 밤의 캠퍼스
모두가 떠나버린 빈 강의실
의자 사이에 남아있는 기억들

불을 끄고 앉아
조용히 바라다 본다
미소지으며 다가오는 그녀의 얼굴

한 줄기 빛이 새어나오고
귀 기울인다
속삭이는 오래된 음성

교단위로 올라가
'Annabel Lee'를 써나간다
그리고 중얼거린다

뒷짐을 지고 돌아다닌다
걸음을 멈추고
창 밖을 내어다 본다

어둠 속에서 유령이
눈을 뜬 채로
눈물을 흘린다

또 걸어다닌다
중얼거린다 중얼거린다
오래된 버릇처럼

연대 캠퍼스 빈 강의실에서 Oct. '94

저녁 예배를 마치고

명동 성당

아버지를 살린 장기려 박사도 떠났고
성모병원 앞 귀퉁이 마리아상도 보이지 않는다

언덕 너머로 지금도 성당의 종이 울리고
담장 아래에선 우리의 삶이 계속되고 있다

장터에서는 오늘도 먼지바람이 불어오고
성당을 향해서는 네온사인 등이 번쩍이고 있다

뒤를 돌아다 볼 때마다 불빛은 번쩍이며 빛났고
성당의 계단을 올라설 때마다 내 가슴은 뛰어오른다

그 번쩍임 속에 나의 날들은 사라져 갔고
그 설레임 속에 나의 사람들은 지나가 버렸다

한 번 불어 간 바람 속에
우리의 날들은 날아갔고

가슴 속 깊이 간직한 이야기 속에
우리의 사랑은 조용히 묻혔지만

성당의 철문 안에선 촛불이 타오르고
세미한 찬미소리 내 맘에 들려온다

오늘 밤도 언덕 위 명동 성당은
불어가는 바람 속에 의연하다

명동 성당에서 Oct. 31 '94

海星이 하늘로 올라가는 그 날

바다의 먼 곳은 조용한데
내 안에서 울리는 소리
바다의 먼 곳은 조용한데

바람은 불어 물결은 이는데
나의 海星 또한 흔들리며
바람은 불어 물결은 이는데

별이 내려와 흔들리며
나는 잠들지 못해
별이 내려와 흔들리며

물결 속에 별들은 빛나건만
너는 어디에 잠들어 있느냐
물결 속에 별들은 빛나건만

별이 내려와 흔들리며
나는 잠들지 못해
별이 내려와 흔들리며

하늘에 바람이 불어가면
멀리 떨어진 그 곳에서도
하늘에 바람이 불어가면

물결 속에 별들은 빛나건만
너는 어디에 잠들어 있느냐
물결 속에 별들은 빛나건만

바다의 먼 곳은 조용한데
내 안에서 울리는 소리
바다의 먼 곳은 조용한데

별이 내려와 흔들리며
나는 잠들지 못해
별이 내려와 흔들리며

바다의 먼 곳은 조용한데
내 안에서 울리는 소리
바다의 먼 곳은 조용한데

하늘에 바람이 불어가면
멀리 떨어진 그 곳에서도
하늘에 바람이 불어가면

흔들리는 海星을 바라보면서
다하지 못한 우리의 사랑을
흔들리는 海星을 바라보면서

하늘에 불어가는 소리
밤새 귀 기울이며
하늘에 불어가는 소리

海星이 하늘로 올라가는 그 날
우리의 그 언약을 기억해 내리라
海星이 하늘로 올라가는 그 날

하늘에 불어가는 소리
밤새 귀 기울이며
하늘에 불어가는 소리

Tabo 해변의 밤을 기억하며 *Nov. 6 '94*

아기 예수

어둠이 나리던 밤
아기 예수는 마구간에 오셨다

모두 잠들은 밤
아기 예수는 노새 옆에 오셨다

별빛 나리는 밤
아기 예수는 들판에 오셨다

바람이 지나는 밤
아기 예수는 내게 오셨다

흰 눈이 내리는 밤
아기 예수는 네게 오셨다

Nov. 28 '94

폭풍우 이는 밤 친우에게

늘 기다림의 세월을 살아오면서
내가 하고자 했던 일들이란

막막한 그리움을 벗삼아
누군가를 가다리고 또 기다리면서

창 밖에 쏟아져 내리는 빗줄기를
그저 내어다 보는 일이었습니다

심하게 바람이 불 때면 때때로
얼굴을 내밀어 보기도 하지만

등 뒤에 번개가 번쩍일 때
창문에 그림자가 어른거릴 때

방 한가운데 앉아
두고 떠나 온 이들을 생각하며

아직도 다하지 못한 상념을

내 발 아래 내려놓는 것입니다

그리곤 가만히 얼굴을 들어

내 주변을 돌아보지요

비 오는 밤 골방에서
Feb. 4 '96

묘비명(Epitaph)

여기 자유롭고자
방황하던 한 영혼이

많은 이들을 사랑하고자
고집하던 한 영혼이

나에게 주어진 모든 일들에
감사하고자 했던 한 영혼이

그리워하던 내 집으로 돌아와
이제 평안히 잠든다

안녕, 친구들

May 2 '96

안부 편지

밖에서는 눈이 내리고

.

.

.

.

.

.

.

소리없이 세월 갑니다

'97 겨울 어느 날

저 빛나는 바다 건너

언젠가 나는 가리라 언젠가
기나긴 이 세상 끝 바람 부는 절벽 위에서
밤 바다로 이어지는 저 빛나는 길 위를
지금도 내 귀에 들려오는 아버지의 목소리

언젠가 나는 가리라 언젠가
방랑하며 떠돌던 이 땅 위의 이야기들
달빛으로 흔들리는 은마차에 싣고서
지금도 내 귀에 들려오는 대지의 바람소리

언젠가 나는 가리라 언젠가
만나고 헤어지고 상처받았던 마음들
달빛으로 흔들리는 저 물결 위에 싣고서
지금도 내 귀에 들려오는 여인의 울음소리

언젠가 나는 가리라 언젠가
은방울 울리며 휘파람 불면서
바다 건너 저 달빛 비치는 하늘까지
지금도 내 귀에 들려오는 바다의 파도소리

언젠가 나는 가리라 언젠가
손에 손을 잡고 우리 함께 노래하면서
은마차 타고서 저 빛나는 길 위를
지금도 내 귀에 들려오는 아들의 노래소리

Apr. 14 '05
*Mendosino*의 벤치를 기억하며

시간만 나면

시간만 나면 나는 늘 생각했다네
내가 찾던 언덕 위의 집은 어디에 있을까 하고
바다가 내려다 보이는 바람 부는 벌판 위에
언제나 그녀와 함께 오두막을 지을 수 있을까 하고

시간만 나면 나는 늘 생각했다네
내가 찾던 흰꽃 만발한 들판은 어디에 있을까 하고
들비둘기 구구하는 이른 봄날 아침에
언제나 그녀와 함께 앞동산을 내달릴 수 있을까 하고

시간만 나면 나는 늘 생각했다네
내가 찾던 한 편의 시는 어디에 있을까 하고
양지바른 언덕에 누워 눈부신 구름들을 바라보면서
언제나 그녀와 함께 나의 시를 읽을 수 있을까 하고

시간만 나면 나는 늘 생각했다네
내가 찾던 행복의 나라는 어디에 있을까 하고
쌍무지개 아래 펼쳐지는 오렌지빛 대지 위를
언제나 그녀와 함께 휘파람 불며 여행할 수 있을까 하고

시간만 나면 나는 늘 생각했다네
내가 찾던 안식의 모닥불은 어디에 있을까 하고
대지의 태양 아래 땀흘리며 돌아온 우리들의 식탁에서
언제나 그녀와 함께 감사의 저녁기도를 드릴 수 있을까
하고

시간만 나면 나는 늘 생각했다네
내가 찾던 사랑의 별자리는 어디에 있을까 하고
머리 위에 반짝이는 밤하늘의 별들을 가리키면서
언제나 그녀와 함께 밤 새워 얘기할 수 있을까 하고

Jan 5 '07
사직 도서관에서

푸른별

초저녁 하늘에 푸른별 빛나고
나그네는 홀로 들길을 간다

호젓한 마을에 푸른별 빛나고
나그네는 홀로 들길을 간다

젊은날 꿈길에 푸른별 빛나고
나그네는 홀로 들길을 간다

흐르는 샘물에 푸른별 빛나고
나그네는 홀로 들길을 간다

은하수 저편에 푸른별 빛나고
나그네는 홀로 들길을 간다

Dec. 27 '10

검고 고왔던

바람 불고 물결 치면
우리들의 호숫가에 별들 나타나리
아! 검고 고왔던 너의 눈동자

안개비 그치고 달이 나올 때면
우리들의 언덕에도 달빛 그윽하리
아! 검고 고왔던 너의 눈동자

언덕 위에 별들 나타나면
젊은 날의 푸른별도 반짝이리
아! 검고 고왔던 너의 눈동자

물결 속에 푸른별 반짝이면
호숫가 안락의자에 나란히 앉아서
아! 검고 고왔던 너의 눈동자

Nov. 18 '11

Valparaìso

슬프고 오랜 기억들을 감추고
머나먼 이국의 항구 Valparaìso

하늘 너머 네 기억들을 떠올릴 때면
바람소리를 타고 배들은 멀리 사라져 간다

꿈결에서 본 네 모습이 잘 떠오르질 않아
푸른 밤하늘 아래에서 나는 얼굴을 들고 있다

언덕 너머 마을에선 술취한 어부들이 오가고
저녁준비로 부산한 아낙들은 안마당을 가로지르고

바닷가 언 땅을 녹이고 부수면서 한 줄기 훈풍이
머리를 풀어헤치고 얼굴을 들이밀 때

Pablo Neruda의 심장 박동소리
안데스 산맥의 계곡을 따라 굴러 내려오고

Violeta Parra의 거친 기타소리
천상의 구름을 타고 심란하게 달려든다

흔들리며 잠들어가던 너 오래된 항구여
검은 하늘 아래 오늘도 홀로 반짝이고 있으리

쓸쓸히 나이 든다는 것이 그러나
그리 웃을 일만은 아닐 것이다

푸르고 조용한 저 대양 밑
아득하게 깊은 곳에서 너 검은 눈동자여

반짝하고 사라져가는 별빛 속에
요란하게 부서지는 파도소리 속에

밤이나 낮이나 들려오는 오래된 네 목소리
조심스레 다가서보는 지나간 이야기 속에

보여주지 못하고 감추기만 하던 감정들
파도 위에 별빛 무리져 반짝일 때

밤하늘 저 건너 편에 어슴푸레 빛나던 항구여
그 날의 얽힌 감정들 새삼 떠오를 때

Amapolla의 대지는 푸르게 다시 빛나고
한 무리의 붉은 열정 바람에 흔들릴 때

어둠 속에 피어나던 너 붉은 꽃이여
깊이 묻어둔 젊은 날의 사랑노래여

반짝하고 사라져가는 별빛을 따라
어둠 속 머나먼 곳으로 사라져 가라

Valparaiso 너 검은 눈동자여
붉게 빛나던 젊은 날의 Amapolla여

서재에서
Dec. 17 '13

V. 두르네 (2014-)

두르네 '14

참 쓸쓸한 일이지

비오고 바람부는 세상을
홀로 걸어간다는 것은
참 쓸쓸한 일이지

반짝이는 별들을 벗삼아
홀로 걸어간다는 것은
참 쓸쓸한 일이지

다락에서
Mar. 30 '16

석류

하늘에서는 비가 내리나
나는 그의 품 안에 있도다

세상의 날들 지나가나
나는 그의 눈 속에 있도다

다락에서
Jun. 4 '16

언덕 위의 집

한무리 억새가 휘날리는 언덕
그 위에 잡초들 엉클어진 내 집

참새 새끼들만이 떼지어 찾아와
두리번거리며 잠시 머물다 가곤 하네

한겨울 뜨락은 이처럼 단출해서 좋고
딱히 내 성정과 어울리기에도 좋네

좁은 산길을 돌아 마을로 접어들면
그래도 편안한 내 집이 날 반기고

이제 다만 얼마를 더 살더라도
언덕 위의 이 집을 기대어 살아가리

겨울밤 쨍한 바람을 맞을 수도 있고
뜰 안에 가득한 달빛 속을 거닐 수도 있으니

다가오는 봄날 아침 따스한 창가에서
언덕을 올라오는 반가운 이를 보게 될는지

설령 그렇지 않더라도 이제는
지난 날처럼 그리 쓸쓸해하지는 않으리

구름 사이로 내리는 노오란 달빛이
텅 빈 내 뜨락을 가득 채워주고 있는 한

두 손 모으고 기도하리라
두 손 모으고 기도하리라

Jan. 10 '17

바람소리

저 먼 산 위 숲속에 내려앉는
늦은 겨울 눈발은 조용한데

지난밤 쌓여있던 슬픈 꿈은
흐릿한 허공에서 흩날리고

창가에선 실루엣이 어른거려
영혼들은 계단 위로 사라진다

고목나무 가지에 내려앉는
소리없는 세월의 바람소리

다락에서
Feb. 10 '17

우리의 가슴은

우리의 가슴은 얼마나 든든한가
밤하늘 가득 별들 반짝일 때

아버지 손을 잡고 가는 어린 아들
오솔길 가득 퍼져가는 노랫소리

우리의 가슴은 얼마나 든든한가
한 여름 가득 구름 피어날 때

아버지 손을 잡고 가는 어린 아들
언덕길 가득 흩날리는 안개꽃비

Mar. 29 '17

메아리

골짜기에 반짝이는 오두막집 불빛
노래에 그리움을 실어 바라보노니

밤하늘에 반짝이는 아름다운 얼굴
가슴에 넘쳐나는 선율 실어보내면

먼 산 너머 들려오는 어머니의 음성
오늘도 반향되어 언덕 넘어오노니

발그림자 바라보며 걸어가는 아들
언제나 한 아름의 손길 잡아보려나

Apr. 28 '17

비 오는 날

아카시아 나무가 바람에 흔들리우고
마당의 잡초들이 어지러이 흩날리는 날

검은 구름들이 산등성이를 넘어와
눈 앞에 빗방울들을 쏟아내고 가네

맥없이 앉아 창밖을 내다보고 있으려니
내 안의 그이가 또 말을 걸어오고

추적 추적 들려오는 습기찬 빗소리 속에
방울 방울 떨어지는 처마밑 웅덩이 속에

아스라이 잊혀져 갔던 그날의 뒷모습들이
동그라이 동그라이 다가와선 번져만 가네

June 6 '17

기도소리

유월의 태양이 빛나는 주일날 오후
한 떼의 바람 응답처럼 흔들며 지나가고

푸르른 날들 무심히 세월만 반짝일 때
아침나절 울려 퍼지던 찬송가소리 조용하고

은혜로운 예배에 새 기운을 회복하곤
성도들의 발소리 흰구름 타고 흩어져 간다

앞마당 싸릿대에선 보라빛 꽃잎이 반짝일 때
교회당 한 구석에선 녹두빛 슬픔이 조심스러워

저 바람에 산발한 아카시아 줄기들마냥
저 바람에 내 심사를 뒤흔들어 날려 버렸으면

그래도 아름다운 얼굴들 기다리며
황금빛 바다노을 읊조리는 기도소리

June 18 '17

다락 계단을 오르며

요란한 소리가 설든 잠을 깨우면
천국에서나 만날 줄 알았던 그 얼굴들이
푸른 밤하늘 아래 잘 떠오르질 않아

잠 못드는 요즘같은 장마철엔 그래서일까
새 사람처럼 이 시골집은 혼자서
정 붙이기가 참으로 어설픈 것이리라

하는 수 없이 창문 단속이나 하고
한 손에 부채 들고 어둠 속을 꿈 속처럼
방 안을 왔다 갔다 서성거리는 것이다

천둥소리도 이제는 먼 곳으로 사라져 가고
어둠 속의 저 세상도 먼 곳으로 사라져 가고
아련하게 들려오는 오래된 그들의 음성

머리에서 떠나지 않는 그 마지막 말들
떨구어 버릴 수 없는 지난 그 어리석은 말들
졸음에 겨운 눈빛으로 슬그머니 손을 내밀면

잠깐 스쳐 지나가던 소나기 소리마냥
내 젊은 날들이 그렇게 지나가야 한 것이라면
모른 척 하니 손을 붙잡아야 하는 것인가

이제는 다락으로 조용히 걸어 올라가
어둠 속에 무릎 꿇어 기도드릴 것인가
한 줄기 빛 속에 눈물과 탄식으로

July 28 '17

세월

문득 자다가 깨어
일어나 앉는 날들

어두운 천장을 응시하며
두 손을 드는 유령

차가운 바람은 소리내어
창 밖을 지나는데

나의 날들은 어디 있어
내 눈에 흐릿한고

Oct. 22 '17

성탄의 아기

'너그러운 은혜의 마음을 품어
너 곧 평안함을 되찾으라'

'네 안의 나약함을 벗어버리고
너 곧 의연함을 덧입으라'

'원수들의 사슬로부터 놓여나
너 곧 자유함을 얻으라'

오늘은 내게 기쁜 날
성탄의 아기가 오신 날

Dec. 23 '17